पद्मश्री प्राण

मॉरिस हार्न, वर्ल्ड एन्सायक्लोपीडिया ऑफ कॉमिक्स के एडिटर ने कार्टूनिस्ट प्राण को 'वाल्ट डिज्नी ऑफ इंडिया' कहा है।

उनकी कॉमिक्स पीढ़ी दर पीढ़ी बढ़ते हुए नौजवानों की हमेशा साथी रही हैं। उन्होंने अपने कैरेक्टर्स 'चाचा चौधरी, साबू, श्रीमतीजी, पिंकी, बिल्लू, रमन' इत्यादि के मनोरंजन का भरपूर लुत्फ उठाया है। उनके 600 से ज्यादा टाइटल्स मार्केट में बिक रहे हैं और दर्जनों स्ट्रिप्स न्यूज़ पेपर्स में छप रहे हैं। चाचा चौधरी पर आधारित एक टी. वी. सीरियल के लगातार 600 एपिसोड तक एक प्रमुख चैनल पर दिखाए गए।

विश्व के कई देशों का भ्रमण कर चुके, प्राण को 'लिमका बुक ऑफ रिकॉर्ड्स' ने 'पीपुल ऑफ द ईयर अवार्ड' से सम्मानित किया है। 1983 में उनकी कॉमिक बुक– 'रमन, हम एक हैं' का विमोचन तत्कालीन प्रधानमंत्री श्रीमती इंदिरा गांधी ने किया।

प्रकाशक

सरराट ट!

कहो, जोज़ी? कैसी रही?
स्टाकक!

परीतो अभी तुम्हारी बैटिंग की स्टाइल परख रही है।

खूवूश्श्श!
??
धड़ाक!

सचमुच तुम एक लाजवाब बॉलर हो। मैं तुम्हारा सिक्का मान गया।

क्या तुम मेरी टीम की कैप्टन बनोगी?

शहर में एक ही कैप्टन होगा- नट्टू द ग्रेट!
??

नट्टू! लड़ाई से क्या फायदा? तुम परीतो का एक ओवर खेल लो। हम तुम्हें कप्तान मान लेंगे।
मंजूर है।

स्टम्प्स में इतना ज्यादा गैप? यह बेइमानी है।

नट्टू! अगर स्टम्प्स में इतना ज्यादा गैप न होता तो तुम क्लीन बोल्ड थे।

चूहे! हमारी पहलवानी क्रिकेट में स्टम्प्स में इतना ही फासला होता है।

परीतो की गुस्से से भरी अगली डिलीवरी...

सररात टा
नट्टू, भाग! नहीं तो बॉल तुम्हारा चेहरा उड़ा देगी।
?!!

?!

भागो!

बच गए!
सर्रराट ट!

कैप्टन की अगली बॉल!
चलो! बेटा नट्टू मैं तुम्हें दंगल का चैम्पियन बना दूंगा।

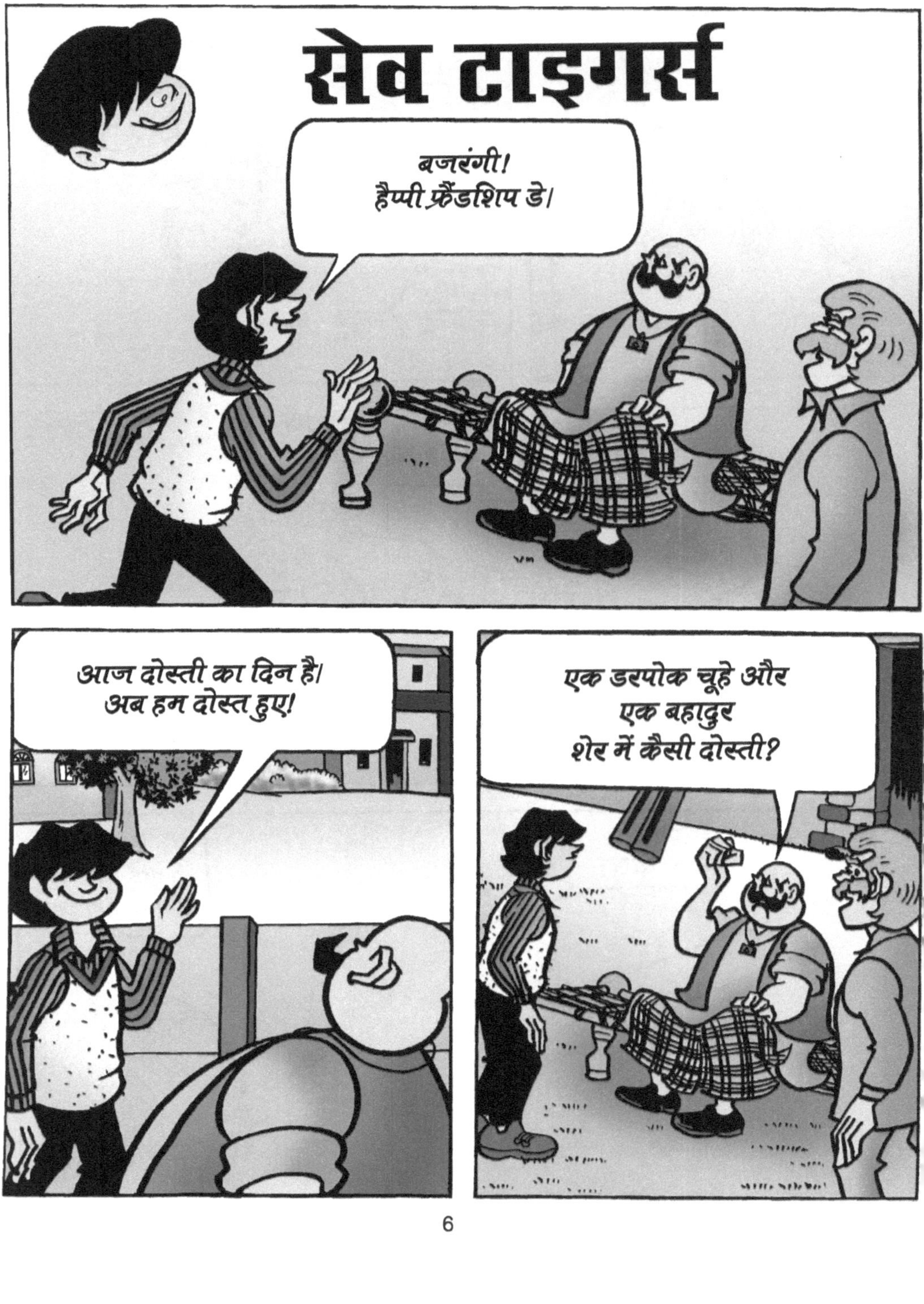

सेव टाइगर्स

बजरंगी!
हैप्पी फ्रैंडशिप डे।

आज दोस्ती का दिन है।
अब हम दोस्त हुए!

एक डरपोक चूहे और
एक बहादुर
शेर में कैसी दोस्ती?

मैं डरपोक नही हूं।

कोई मौका आने पर मैं साबित कर दूंगा कि मैं निडर हूं।

खुसर-फुसर!!

वाह! ढक्कन अच्छा आइडिया दिया।

शहर से बाहर जंगल में आजकल एक टाइगर देखा गया है। अगर तुम उसका शिकार कर लाओ तो मैं मान जाऊंगा।

बुरे फंसे!
अब क्या बहाना बनाऊं?

मेरे पास शिकार के लिए बंदूक
नहीं है। वर्ना टाइगर मारना
कोई बड़ा काम नहीं था।

बंदूक तुम्हें
मैं दे देता
हूं।

वह मेरे जाल
में फंस चुका है।

यह लो। मेरे शिकारी
दादा ने इस बंदूक से
बहुत शेर मारे थे।

खाली हाथ मत लौटना।

जंगल थोड़ी दूर ही है!

जंगल शुरू हो गया!

इस घने जंगल में टाइगर कहां मिलेगा?

जानवर पानी पीने नदी किनारे जरूर आता होगा?

यहां इंतजार किया जाए!

आखिर टाइगर आ ही गया!

किया फायर और वह ढेर।

ए! रुको!
ओह !

मैं फॉरेस्ट गार्ड हूं। क्या तुम्हें पता नहीं, शिकार पर प्रतिबंध है।

सारे विश्व में 'सेव टाइगर्स' की मुहिम चल रही है और तुम यहां का इकलौता बाघ मारने चले थे? तुम्हें सज़ा होगी।
मुझे बजरंगी ने शिकार करके लाने को कहा था।

चलो! उसके पास।

तुमने बिल्लू को शिकार के लिए उकसाया था?

शिकार खेलना बहादुरों की शान होती है।

बजरंगी उस्ताद टाइगर की खाल का कोट पहनेगा और उसका सिर ड्राइंगरूम में टांगेगा।

तुम्हारा ड्राइंगरूम अब जेल है।

यहां मच्छरों का शिकार करना।

चूहे! क्या देख रहा है?

पिंजरे में बंद शेर!

महान वैज्ञानिक

हाय! तुम इलेवंथ-B सेक्शन में हो ना।
तुम बिल्लू! इलेवंथ A में!
तुम मुझे जानती हो?

शहर में एक ही लड़का है, जिसकी आंखें बालों से ढकी हैं।

अपना मोबाइल नम्बर बताओ। मैं सेव कर लेता हूं।
तुम भी अपना बता दो।

आज से हम दोस्त हैं।
मैं तुम्हें अपना आई.डी. एस.एम.एस. कर दूंगी। फिर हम चैट किया करेंगे।

आज मेरा खुशी का दिन है। नई दोस्त बनी और स्कूल भी टाइम पर पहुंचा हूं।

मैं अपनी क्लास में जाती हूं।

आज पहला पीरियड फिज़िक्स का है।

फिज़िक्स टीचर

गुड मॉर्निंग मैम!
वैरी गुड मॉर्निंग!

स्टूडेंट्स, आज हम महान वैज्ञानिक न्यूटन के बारे में पढ़ेंगे।

न्यूटन ने हमें गुरुत्वाकर्षण के सिद्धान्त से अवगत कराया था।

इस सिद्धान्त की खोज का एक किस्सा है।...एक बार न्यूटन बगीचे में पेड़ के नीचे लेटा था।

...तभी पेड़ से फल टूटकर नीचे गिरा।

...न्यूटन ने सोचा कि फल नीचे ही क्यों गिरा, ऊपर आसमान की ओर क्यों नहीं गया?...

तब महान वैज्ञानिक ने निष्कर्ष निकाला कि पृथ्वी में चुम्बकीय शक्ति है..

...जो चीजों को अपनी ओर खिंचती है।

इस तरह न्यूटन ने गुरुत्वाकर्षण की महान खोज की।

हां तो बिल्लू! तुम बताओ...

महान वैज्ञानिक न्यूटन से तुम्हें क्या सबक मिला?
जी, मैडम!

न्यूटन से सीख मिलती है...

...अगर न्यूटन बगीचे में न होकर

...हमारी तरह क्लास रूम में बैठा होता...

..तो वह कभी भी महत्त्वपूर्ण खोज न कर पाता।

मिट्ठू

चम्पू! अच्छा हुआ तुम मिल गए।
तुमने मुझसे 500 रुपये उधार लिए थे?
इस समय तो मेरे पास रुपये नहीं हैं।

इसके बदले में तुम मेरा यह मिट्ठू तोता रख लो।

यह मेरे किस काम का?

यह बोलने वाला अनोखा तोता है।
अच्छा? फिर तो यह काम का है।

एक बात का ध्यान रखना, इसका पेट खराब रहता है। इसलिए इसे मिर्ची मत खिलाना।

बाय! अपना उधार चुकता हुआ।

मिट्ठू! तुम्हारे लिए मिठाई।

मेरा मिट्ठू जलेबी खाएगा।

नहीं खाऊंगा।

जोज़ी! बिल्लू ने तोता पाला है।
चलो, पक्षी को देखकर आए!

कमाल है! वह पक्षी-प्रेमी हो गया है।
मेरा मिट्ठू जलेबी खाएगा।

मिट्ठू! जलेबी खा लो।
नहीं खाऊंगा!

मिट्ठू! जिद मत करो। जलेबियां खाओ।
कहा न नहीं, नहीं खाऊंगा!

तोते तो मिर्च खाते हैं। तुम जलेबी खिला रहे हो ?

इसके पहले मालिक चम्पू ने इसे मिर्च खिलाने को मना किया था।

पहले मालिक ने मिर्च खिलाकर अल्सर करवा दिया। अब तुम मीठा खिलाकर डायबिटीज़ करवाओगे?

टाइम पास

कर्नल साहब ! कैसे हैं?
गुस्ताख़ छोकरे !

तू मेरी बेटी जोज़ी से मिलने आया है! आज तेरी ख़ैर नहीं !

आप यू हीं गुस्सा हो रहे हैं! मैं तो आपसे मिलने आया हूं!
झूठ!

तुम्हें मुझसे क्या काम है?

मैं एक मैगजीन के लिए आर्टिकल लिख रहा हूं।
तो?

मेरा लेख देश के जांबाज फौजियों पर है।

...आप भी एक बहादुर फौजी रहे हैं।...

क्या हम अंदर बैठकर इंटरव्यू कर सकते हैं?

आओ, ड्राइंगरूम में बैठ कर विस्तार से बातें करेंगे।

रामू ! बिल्लू के लिए चिल्ड कोल्ड ड्रिंक लाओ।
जी, साहब !

लीजिए !

थैंक्स!

कर्नल साहब! इंटरव्यू में पहले अपनी किसी जंग का किस्सा सुनाइए।
हां तो बात...

..सन् 1971 की जंग की बात है, दुश्मन ने हमारी चौकी को चारों तरफ से घेर लिया था।...

हम सिर्फ बारह थे, दुश्मन पूरे पचास। फिर भी हमने फतह हासिल की।

कर्नल साहब! सुना है-फौज में अनुशासन बहुत होता है?

अनुशासन से ही मैं एक सोल्जर से कर्नल के ओहदे तक पहुंचा हूं।

मेरे रिटायरमेंट के वक्त पूरी 21 तोपें चलायी गईं थीं।

कमाल है! सबका निशाना चूक गया?

अच्छा तो तुम्हारा यह आर्टिकल कब और कहां पब्लिश होगा?

कहीं नहीं !...

...वह तो बाहर गर्मी ज्यादा थी।...

सोचा आपके A.C. रूम में बैठकर टाइम पास किया जाए।

बाय !

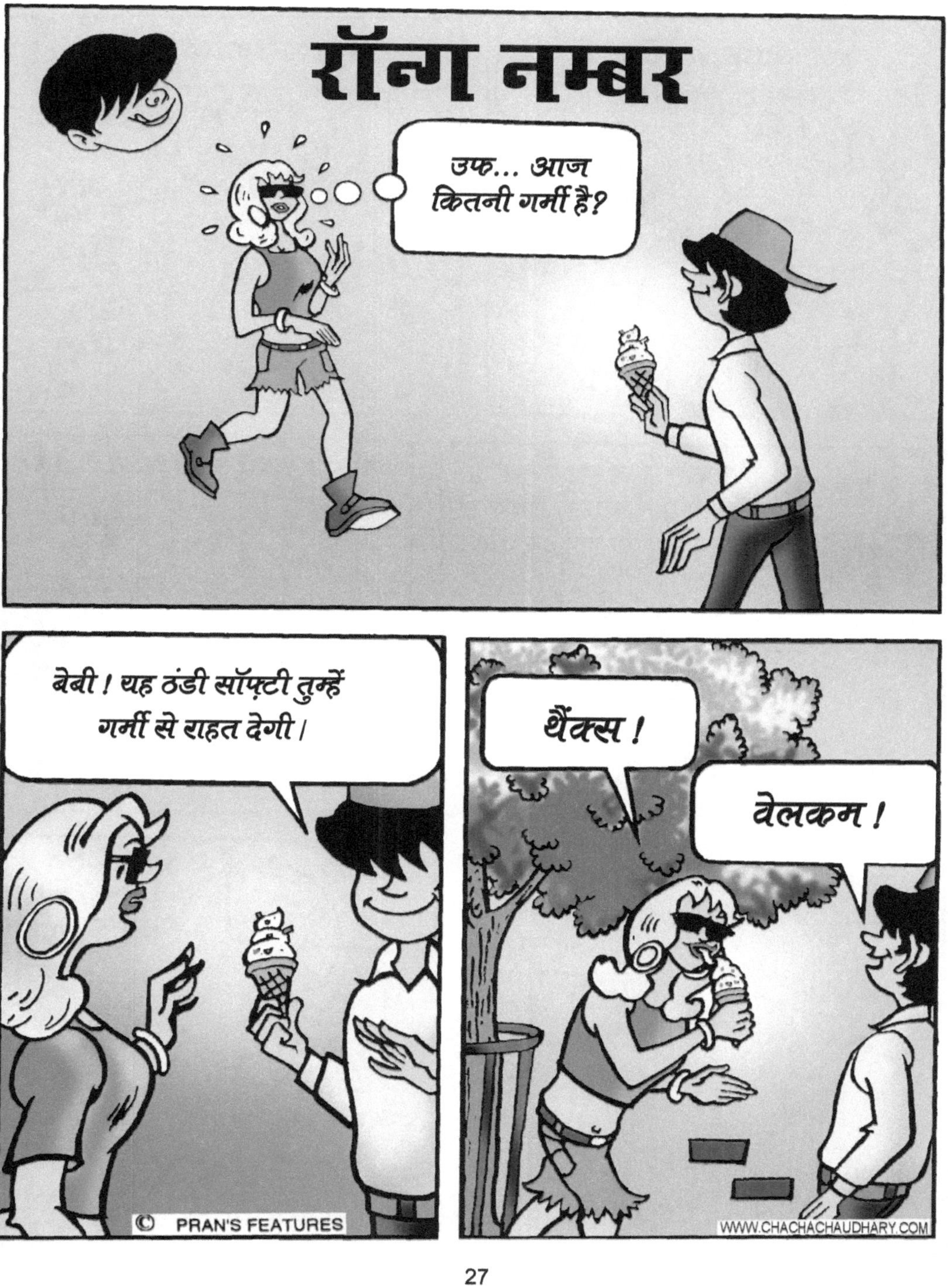

उफ्फ... आज कितनी गर्मी है?

बेबी ! यह ठंडी सॉफ़्टी तुम्हें गर्मी से राहत देगी।

थैंक्स !
वेलकम !

वाह! आइसक्रीम टेस्टी है।

तुम्हारा नाम क्या है ?
बिल्लू! और तुम्हारा?

लोलिता!
अपना मोबाइल नम्बर दो। मैं सेव कर लेता हूं। आज से हम दोस्त हैं।

मुझे एक सच्चे दोस्त की तलाश है।
वह तो मैं हूं।

तुम्हें कभी भी मेरी मदद चाहिए होगी, मैं पीछे नहीं हटूंगा।

मेरा नम्बर है– XXXXX!
आज से तुम मेरे दोस्तों की लिस्ट में हो।

तुम मुझे अच्छे लगे।

बाय।
फिर मिलेंगे।

वाह! दोस्त! नयी गर्लफ्रेंड?

मेरे पास उसका फोन नम्बर भी है!
TV REPAIRE

अच्छा! कॉल करके तो देखो।

कहीं रॉन्ग नम्बर तो नहीं दे गई!
MO
VOTE

अभी ट्राई कर लेते हैं।

हाय! लोलिता!

पहचाना! मैं बिल्लू!...

जिसने तुम्हें आइसक्रीम खिलाई थी।

हां! मददगार दोस्त बिल्लू!...

मेरी एक हेल्प करोगे?
कहो !

मेरा पर्स कहीं गुम हो गया है।

मेरे मोबाइल नम्बर में हजार रुपये का रिचार्ज करवा दो।

हजार रुपये तो बहुत ज्यादा हैं।

सॉरी ! रॉन्ग नम्बर !

बिल्लू
जरा हट के !
बेटे ! क्या पढ़ रहे हो ?
मम्मी ! मैं एलबम देख रहा हूं।

क्या मेरा कोई भाई भी था ?

वह तुम्हारी गोद में कौन है ?
वह तुम हो, जब तुम छोटे थे।
© PRAN'S FEATURES

32

देखते ही देखते तुम इतने बड़े हो गए।

एक दिन ऐसा भी आएगा, जब तुम पढ़ाई-लिखाई खत्म करके नौकरी करोगे और फिर तुम्हारी शादी होगी।

एक बात पूछूं ?
पूछो, मां।

शादी के बाद तुम अगली तनख्वाह मुझे दोगे या अपनी बीवी को ?

मम्मी !...डैडी शादी के बाद अपना वेतन लाकर दादी को देते थे या आपको ?
www.chachachaudhary.com

बहुत बड़ बड़ करने लगा है । अब बैठकर खाना खा लो ।

वाह ह ! स्वादिष्ठ है !

चपाती और दो ।
इतना मत खाना कि पेट दर्द करने लगे ।

बरपप ! बरपप !!
तुम्हें डकार आने लगे हैं ।

बरपप !
याद आया, जोज़ी से मिलने जाना था । बरपप !

ओह ह ! मैं लेट हो गया । जोज़ी वैसे भी तुनकमिजाज़ है ।

सॉरी ! आई एम लेट ।
कोई बात नहीं, स्वीट हार्ट !

डीयर ! मुझे ब-र-प-प ! तुम्हारे पास ब-र-प-प ! बैठकर बातें करना अच्छा लगता है । ब-र-प-प !
बिल्लू ! तुम खट्टे डकार मार रहे हो ?

पहले तुम पेट गैस ठीक करो । तब मैं तुम्हारे साथ बैठूंगी ।

तुम यहीं ब-र-प-प! रुको! मैं घर जाकर ब-र-प-प! मम्मी से इसका इलाज़ कराकर आता हूं!

मम्मी! डकार का ब-र-प-प! कोई घरेलू नुस्खा बताओ! ब-र-प-प!

लो, इसे खा लो!
ब-र-प-प!

यह गया अंदर!

जोज़ी! डकार आना बंद हो गए!

आओ, बैठकर प्यार की बातें करें!

अब तुम्हारे मुंह से लहसुन की बदबू आ रही है!

बिल्लू मसकट

वाह! रुस्तम—ए—हिन्द!
बजरंगी ! तुम इतना भार उठाकर क्यों थक रहे हो ?
© PRAN'S FEATURES

कमर दर्द हो जाएगी।
बेवकूफ ! मैं गेम्स में हिस्सा लूंगा।

मैं प्रेक्टिस कर रहा हूं। देश के लिए मैडल जीत कर लाऊंगा।

देश के लिए वजन तो मैं भी उठा सकता हूं।
शेख़ीबाज़!

चलो, करके दिखाओ।
अभी लो।

उफ़ फ़ फ़! यह तो हिल ही नहीं रहा।

हो! हो!! जाओ, बच्चे कम्प्यूटर पर इंटरनेट देखो। यह तुम्हारे बस का रोग नहीं।

बिल्लू ! कैसे हो ?

जोज़ी ! इतनी एक्सरसाइज़ किसलिए कर रही हो ?

मुझे गेम्स में जिमनास्टिक स्पोर्ट्स में लेना है ।
चाहता तो मै भी हूं कि उनमें हिस्सा लूं ।

लेकिन कोई हलका स्पोर्ट्स ।

क्या तुम्हें कराटे आता है ?

क्यों नहीं ?
तो फिर कुछ प्रदर्शन करके दिखाओ ।

धड़ाक क !

आऊ ऊ ऊ ! उंगलियों में चोट लग गई ।

तुम गेम्स के स्टेडियम में दर्शक बनकर बैठ जाना ।

नहीं ! मैं हिस्सा जरूर लूंगा ।
कैसे ?

रुको ! मैं अभी आता हूं ।

जोज़ी कैसा लगता हूं ?
यह आवाज़ तो जानी पहचानी लगती है ।

मैं बिल्लू हूं। यह गेम्स के मसकट की ड्रेस है।

?!
मैं स्टेडियम में मसकट बनकर हिस्सा लूंगा।
वाह ह!

बिल्लू
गेंद और कुत्ता

मोती ! आओ, पार्क में खेलने चलें ।

गलियों के आवारा कुत्तों से बचकर । कहीं वह तुम्हें खदेड़ न दें ?

जाओ ! गेंद को लेकर आओ ।

गर्रर !

?!

तुम खाली वापस क्यों आ गए ?
बॉल कहां है ?

हूं ! तो यह बात है ?

लीजिए, यह आपके लिए है ।

हमारी बॉल ।
www.chachachaudhary.com

भागो ! वह हड्डी प्लास्टिक की है । जब उसे पता चलेगा तो वह हमें काटने आएगा ।

गरर्र !

43

Colour Activity

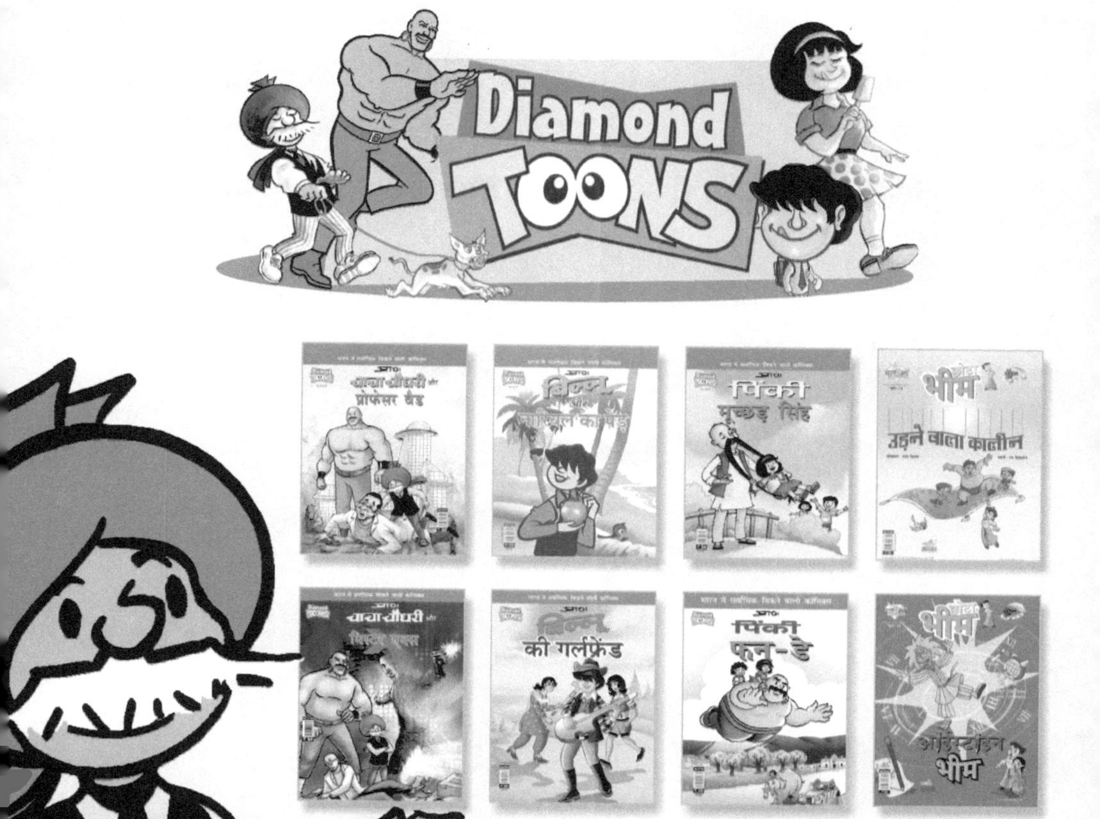

Help the puzzle piece to find the way to the puzzle.

LET US LEARN YOGA

Available in Hindi , English, Marathi, Gujarati,Bangla & Odia

Today the whole world is inclined towards Yoga. This is the high time when we can promote Yoga to our children and inculcate its benefits in to them. We have to make them understand about its importance, so that they could become hale & healthy, mentally & physically both.

This book is going to update our children about Yoga, and it would be very easy for them to understand the method of doing each asana.

In this way, they not only will enjoy Yoga, but also going to develop concentration, which in turn help them to achieve big."

Diamond BOOKS

X-30, Okhla Industrial Area Phase-II, New Delhi-110020, Ph.: +91-011-40712200
Email: sales@dpb.in, website:www.diamondbook.in